第五个

〔奥〕恩斯特·杨德尔　文
〔德〕诺尔曼·荣格　图
三禾　译

出　　版　南海出版公司　（0898）66568511
　　　　　海口市海秀中路51号星华大厦五楼　邮编 570206
发　　行　新经典发行有限公司
　　　　　电话（010）68423599　邮箱 editor@readinglife.com
经　　销　新华书店

责任编辑　印姗姗
特邀编辑　安　宁
内文制作　田晓波

印　　刷　北京利丰雅高长城印刷有限公司
开　　本　889毫米×1194毫米　1/16
印　　张　2.5
字　　数　2千
版　　次　2007年3月第1版　2010年1月第2版
印　　次　2016年11月第21次印刷
书　　号　ISBN 978-7-5442-4650-7
定　　价　25.00元

图书在版编目（CIP）数据

第五个／〔奥〕杨德尔文；〔德〕荣格图；三禾译．-2
版．-海口：南海出版公司，2010.1
　ISBN　978-7-5442-4650-7

Ⅰ.第…　Ⅱ.①杨…②荣…③三…　Ⅲ.图画故事－奥地
利－现代　Ⅳ.I521.85

中国版本图书馆CIP数据核字（2009）第218062号

著作权合同登记号　图字：30-2007-004

fünfter sein
by Ernst Jandl and Norman Junge
© 1997 Beltz Verlag, Weinheim und Basel
Programm Beltz & Gelberg, Weinheim
Für den Text Fünfter sein von Ernst Jandl
© 1970 Hermann Luchterhand Verlag GmbH & Co.
KG, Darmstadt und Neuwied
through Bardon-Chinese Media Agency
ALL RIGHTS RESERVED

第 五 个

〔奥〕恩斯特·杨德尔/文　三　禾/译

〔德〕诺尔曼·荣格/图

南海出版公司

门开了
出来一个

进去一个

还剩四个

门开了
出来一个

进去一个

还剩三个

门开了
出来一个

进去一个

还剩两个

门开了

出来一个

进去一个

最后一个

门开了
出来一个

独自进去

医生你好